훨훨 빛 알갱이

훨훨 빛 알갱이

2023년 7월 12일 제 1판 인쇄 발행

지 은 이 ㅣ 이근숙
펴 낸 이 ㅣ 박종래
펴 낸 곳 ㅣ 도서출판 명성서림

등록번호 ㅣ 301-2014-013
주　　　소 ㅣ 04552 서울시 중구 삼일대로8길 17 3~4층(충무로 2가)
대표전화 ㅣ 02)2277-2800
팩　　　스 ㅣ 02)2277-8945
이 메 일 ㅣ ms8944@chol.com

값 10,000원
ISBN 979-11-92945-51-4

이 책은 한국예술인복지재단의 2023년도
창작지원금으로 발간 제작되었습니다.

훨훨 빛 알갱이

이근숙 시집

도서출판 명성서림

시인의 말

시 곁에 맴돈 지 20년
누구도 '너 잘한다' 말하는 이 없건만
혼자 좋아한다
내 짝사랑을 예술복지재단이 헤아려
지지난해 이어 두 번째 수혜자 자리를 주신다.
감사하다.
터벅터벅 내 부실한 걸음 격려해 주시는 ㅂ선생님
내 주위의 사람들이 은인 아닌 이 없다
길잡이로 나선 도서출판 명성서림의 안내로
세상 밖으로 내보낸다.

2023 계묘년 단오 즈음 이근숙

2

4

훨훨 **빛** 알갱이

1

가을 오시네

잠 못 드는 열대야 보름 넘도록
부채 선풍기 에어컨, 정인처럼
껴안고 뒹굴며 한순간도 없으면 못살 것 같더니
목청 높여 다툰 것처럼 이제는 돌아앉아 외면하네.

화단의 보라색 방아 꽃도 어느새 부황 들고
새벽녘엔 오소소 홑이불 끌어안네
미세먼지 사라지고 하늘은 새털구름 아우르니
입추 말복 멀어지니 처진 몸도 개운 뽀송
까슬까슬한 옷자락에 눈매 순한 가을 오시네

갈등

알 것 같다가도 모를 것 같은 친구 둘

따로 보면 분홍이고 파랑으로

각각 개성 있고 탱글탱글 알차지만

한 친구 입 찬 소리 바른 소리 거리낌 없고

정 넘치고 다정다감 풍선처럼 부풀리는 다른 친구는

외로워서 허전해서 그러려니 덮는다

둘은 가시 박힌 장미와 얼음 속 동백처럼

마주치면 아옹다옹 걷다 보면 다른 길로

뒷담화도 우거진다

흰 소에겐 너 잘한다, 검은 소는 네가 옳다 한다더니

한발 물러서 보면 별것도 아닌 일을

칡넝쿨과 등나무처럼 마주 보고 꼬여간다

칡꽃 향기 등꽃 향기 겨누는 두 친구

세월 지나면 무슨 향이 더 여운으로 남을까

장미도 동백도 한 계절은 여왕의 칭송을 받건만

검지손가락 (어머니)

글자 대신 입술로 말씀을 쓰던 우리엄마
마음이 허하거나 몸이 고달프거나
세상살이 힘겨우면 다녀가라 하시며
구순까지 고향 집에 홀로 사신 우리엄마
한 해 두 번 선친기일과 생신날 잠깐 가면
찬그릇은 볼 수 없고 물밥 비운 밥그릇 하나

아무 날에 가겠다고 입 벙긋 못 전한 것은
자식 눈에 처량해 보일까. 벽 짚고 일어나
국 끓이고 텃밭 푸성귀 다듬어 나물 만들고
종일토록 문밖에 눈길 떼지 못하시더니
한밤 자고 떠나며 돌아보고 또 돌아보면
어서 가라 손짓하며 더 먼저 속내 감추셨다

아예 기별 없이 불쑥 들어서야 보이던 일상도
이제는 기억 안에 빈 바람만 쓸쓸히 오가는 곳
엄마 곁에 한밤 자면 거뜬해지던 내 몸은
전화선 너머 '괜찮다 나는 괜찮다' 그 말씀 약 되더니
기억의 칩으로 남아있는 집 전화 0553424***
폰 0102252**** 그 열 자리 숫자와 열 한 자리 숫자
콕콕 자동이던 내 검지손가락 할 일 없어 글썽글썽

골고루 먹기

봄에는 향긋한 도다리 쑥국으로
여름에는 목안이 시원한 오이냉국
가을에는 고소한 들깨 콩나물국
겨울에는 구수한 시금치 된장국

봄에는 상큼한 달래 냉이 무침
여름에는 풋고추 된장 찍어 먹고
가을에는 사각사각 겉절이와 깍두기
겨울에는 배추김치 동치미 후루룩

관정 뚫기

시골 텃밭에 지하수 파려 공사를 시작한다
거대한 기구로 오르락내리락 쿵쿵 와르르
2천 7백 미터 백두산 만큼 아득한 땅속 굉음
허공에 흩어지는 귀청 때리는 울분

지구 속살 파헤친다
갈증 식힐 물길을 찾아
푸석한 땅의 겉껍질 열어
막힌 혈관 뚫고 CT와 MRI을 들이민다

사암층 지나 암반층 어디쯤에서
벌컥벌컥 희망이 치솟아
드디어 꽐꽐 쏟아지는 물줄기
목마름이 치솟는다
지구내장 파헤치는 중환자 수술이 관정 뚫기다

구급차

요란한 비명소리
비상등 절규한다

저 안
보라색 입술과 팔다리 축 늘어져
모둠 숨 절박한 시각
지금 누군가 절명의 찰나
나는 비켜 가리니
8차선 도로 꽉 메운 차량 들
귀 닫고 무심하다
제 살기 다급한 비정한 세상
구급차 피 울음 타인들 먼 산 본다

국수

입천장도 데일 것 같은 복녀위에
냉기 전율할 식당 찾아 포만감 얻으러
마스크 입 봉하고 나서기는 귀찮아
찡그린 얼굴로 한 끼를 삶는다
어라, 이것 좀 봐 자존심 빳빳한 국수가
끓는 물에 넣자 정인 품 안기듯 스르르 몸 풀어
보들보들 쫄깃쫄깃 보드랍고 쫄깃하다
그렇다면
빳빳한 내 감성도 100도C 끓는 물에 삶으면
콩국 안의 면발처럼 부드러워질지 몰라
씹지 않아도 후루룩 매끄럽고 보들보들
이 더위쯤이야 거뜬히 이열치열 변할지
찡그린 마음 주름도 활짝 펴질지.

국화

먼 길 달려오니 향기마저 숨차다.

시골 친정집 화단 소담스런 미소
어머니 떠난 빈집 못 본 척 두기엔
뒤돌아 보이고 눈에 밟혀
가을바람까지 함께 싣고 왔다
애잔한 자태 천 리 길에 휘둘려
멀미마저 닮았는지
꽃술도 찢어지고 꺾이었다
물 뿌리며 응급조치해 봐도
상처투성이 정신 줄 까무룩
보는 눈길 애달프고 쓰리다
성긴 머리카락 쪽진 자태처럼
연미색 국화가 고개 꺾고 혼미하다

글 주머니 속에

다섯 손가락 꼽고 다시 세워 넷이 되는 단톡방
글 모임 우리는 손 맞잡고 온기 나누지 못해도
달 뜨고 별 쏟아지며 때로는 안개도 흐르지만
슬픈 생각 웃는 마음 우는 아픔 나누며
가끔 선물 같은 이모티콘 날리는 창
그 옛날 통신전송 비둘기처럼
서로를 소통하는 은밀한 장소
무시로 오가며 몸은 떨어져 있어도 정 나누던 창

어느 날부터 아홉의 숫자 중 하나가 우두커니
늙은 몸 혼자 남아 눈도 귀도 깜깜하여
쪼그리고 앉아 미동 없이 졸더니
또 다른 하나가 꼼짝달싹 멀뚱멀뚱 우두커니
병상에서 몇 달, 설마 툭 털고 일어나겠지 했는데
그 겨울 흰 눈 내리는 날 흰 나래로 훨훨

그 추억들 차마 목메어 모두 말 못해
단톡방 창 열면 글 주머니 아래 숫자 2
왜 돌부처처럼 무상무념으로 붙박이가 되었는지
바라보면 천둥 번개 소나기로 내 가슴 울린다

기막혀

응급실에서 사흘
중환자실에서 석 달
맨드라미처럼 빳빳하던 친구야
꽃술마다 촘촘하게 씨앗을 품듯
저승길 어땠는지 수필 쓰려 작정하고
산소호흡기 의지하여
미동 없이 눈 감고 누웠구나
어디를 돌아보았는지 그만 일어나
거기 어땠는지 풍경이 듣고 싶어
거기는 말이야 하며 그동안 못한 말
수필의 첫 문장은 그렇게 시작하면 되겠지
그만 일어나 나 기막혀 깜깜해

까닭

귀도 멀고 눈도 어두워지는 것은
나이 들면 세상사 간섭말라고
제 앞가림이나 하라는 거지
잊고 잃는 천지 분간 시비 말고 나대지 말라는 것
일침으로 경고하는 것
그래도 듣지 않으면 노망이란 팻말 들이민다고
자중하며 살라고 누구도 모르게 눈 부라리며
집에 살래 산에 갈래 한 번씩
아무도 눈치 못 채게 종주먹 들이 되는 까닭은
들어도 못 들은 척 보고도 안 본 척 무심히 넘기라는 것
나잇값 따따부따 말고 어른 노릇이란 입 다물고 초연히
살라는 것.

다람쥐처럼

쳇바퀴를 돌리고 돌리는 다람쥐는
달리고 달리며 앞으로 나가는 것으로 안다
KC인증 런닝머신에 간신히 3.0 숫자에 놓고
운동이랍시고 걷고 또 걷는다
스스로 착각에 빠져 제자리걸음으로
빠른 걸음 뛰는 걸음 마라톤까지 날렵한 젊음들 한쪽
풍경과 거리 먼 털 성긴 다람쥐 한 마리가
엉거주춤 지팡이 잡은 듯 양손 꽉 붙잡고
창밖 따로 움직이는 그림 구부정한 노송처럼
제 모습 알지 못하고 쳇바퀴만 돌리고 또 돌린다

따로따로

열 살 초등생 손자가 코로나에 감염됐다.

한 나무 가족들 예방주사 완료했건만
미세먼지처럼 보이지 않는 것 옮겨붙었다

좋아라, 오랜만에 등교하더니
목 붓고 열 오르고 토끼 눈 되어
부랴부랴 방 한 칸에 잠도 따로 밥도 따로
한 발자국 거실도 화장실도 마스크로 틀어막고
날벼락을 당해 피난살이 시작됐다
가족들 너도 따로 나도 따로 따로따로
모진 놈 코빼기도 본 적 없어
따귀 한 대 올려붙이지 못하고
멱살 한 번 못 잡지만 장작처럼 쪼개서
불쏘시개감으로 쓰고 싶다 코로나19

무엇에 쓰는 물건인가

먹이고 입히고 가르치며 애지중지 길렀을 자식들
산등성이 평퍼짐한 봉분 파헤치고 있다
나무상자 유골함과 이질적인 쇠 절구 나란하다

주둥이에 피 칠갑한 여우처럼
무덤을 파헤치고 뼛조각 가려내어
쇠 절구에 넣어 꽝꽝 폭력을 휘두른다
멀리서 삐죽이 눈치 보던 메아리 쿵쿵 곡한다
절구통 뼛가루와 나무상자 분 골 파헤친 자리에
다시 넣어 꾹꾹 두 발로 밟은 후 손 탁탁 털더니
반드르르한 승용차는 떠났다
노란 흙들만 눈 휘둥그레 진 무덤 한기

부 ; 아무개
모 ; 아무개 지 묘

쇠절구 산속에서 무엇에 쓰는 물건인가 했더니?
납작하게 누운 푯말碑 하나 실상을 안다
자식들 황망히 간 뒤 속울음 삼키는 합장묘 한 기.

바지랑대

빨랫줄 버팀목은 쏙을 낸 왕대人竹
다문 입 틈 벌려 깍지 끼우면
바지랑대로 등재되어
사시장철 마당 가운데 붙박이
침묵으로 참선에 들 듯 우두커니

한 시절 참새들 수다에도 귀막고
된장잠자리 쉼터도 무심히 넘기며
풀 먹인 이불 호청 빳빳한 버팀목이 되고
한겨울 눈보라 흩날리면 동태가 된 빨랫감
그네 놀이 정겹더니 이제는 무표정

시작은 탱탱하게 꿈 같은 들썩거림과
거뭇거뭇 저승꽃도 문장처럼 당당해서
한 집안 내력 속속들이 꿰뚫었건만
제 이름마저 가물가물 뼈마디는 골다공증
빈집에 홀로 서서 인기척 귀 모으는 바지랑대

봉선화

어른 가운데손가락 보다 굵게 자란
봉선화는 나른한 봄날 재래시장 골목길
쓰레기더미에 저들끼리 오종종 싹 틔운 것
강보 같은 비닐봉지에 담아와 화분에 앉혔다

애지중지 쓰다듬은 적 없이 천둥벌거숭이로
투정 한번 없이 땀방울 맺히는 초여름날
손톱마다 꽃물들일 연분홍 소식 귀엣말
고향 집 울 밑 아래 옛 생각 꽃 편지다

한 줄 두 줄 읽어가니 눈웃음 예쁜 짓
볼볼 배밀이 하던 첫돌 지난 아기처럼
통탕 통탕 온종일 저지레하는 친손처럼
방긋 생글 옹알이가 한창이다, 저 이쁜 것.

불청객

누가 반긴다고 먼저 와 기다려
빚쟁이면 그럴까 보기만 해도 오싹해
저 아니라도 성질 돋우는 잡초 천지데
밭고랑에 나보다 먼저 서둘러 나와
꼴에 쫙 빼입고 아침이나 먹고 나왔는지

호랑이콩밭에서 보자고 언제 약속했는데
올록볼록 꼬투리 풋콩 이뻐 나섰지
그제는 호박넝쿨 아래서 기다리더니
허리춤 치켜 올려 돌돌 말기는 누가 반긴다고
팔뚝에 오디처럼 소름 돋아 넘어지고 접질러

슬쩍 오가더라도 제발 눈에 띄지 말라고
헛바닥 날름 또 그물망 흔적은 뭐람
부들부들 소변 마려울 때처럼 진저리쳐진다고
귓구멍이 뚫려 있기는 한지, 보기도 싫어
아악 소리 들리지 않던 번들번들 똬리 튼 놈아

사냥

먹잇감 노리는 개구리
툭 불거진 눈 딱 정조준하고
왔다 갔다 스치는 파리 한 마리
포획하려 꼼짝 않고
숨죽이며 엎드려 기회 엿보는 모습

어느 봄 무르익어가는 날
더위를 피해 산그늘에 무심히 앉았는데
풀숲에 엎드려 꿈쩍 않는 개구리
풍덩 수영선수로 알았더니
미동 없이 숨죽여 찰나에 포획

기회는 저렇게 쟁취하는 것
느슨한 그물코로 살아온 나
개구리를 보며 한 수 배운다
한순간도 쉬지 않고 나르는 파리를
낚아채는 날렵한 그 찰나의 기민함을

소리감별

소나무 갈참나무 수런대는 산골짜기
바이올린 선율 켜며 무대를 연다
상수리 숲도 섯 입 다물고 귀 기울이는
매미 소리는 햇빛에 헹궈져 깨끗하다

유월 스무사흘 아파트 방충망에서
심벌즈로 챙챙 귀청 때리고 후려치며
불볕 복더위 땀방울 줄줄 시작이라며
엿가락 늘어지듯 끈적끈적 흘러내린다

한 시절 변두리 나이트클럽 무도장처럼
쿵쾅쿵쾅 번쩍대는 현란한 고성방가
눈 화등잔만 해지던 반라 차림 같은 소리
쓰르라미 참 매미 감별이 아리송하다.

아, 다르고

부처님 오신 날 모 공영방송에서
충청도 마곡사를 소개하는 과정에
'하천을 건너면 마곡사'
처음은 듣는 귀를 의심했다
맑은 물 흐르는 계곡을 하천이라니
분명 고시처럼 어려운 관문을 거쳤을 리포터
무슨? 오염수처럼 들려 듣는 귀가 텁텁
하천물 개울물 계곡물 도랑물 물은 다 물이지만
듣는 이 마음마저 구정물 일었다
꿀물이나 설탕물 당원물 모두 단물이지만
왠지 더러운 물이 먼저 떠오르는
마곡사의 하천물?
기억에는 풍경소리처럼 맑은 물이 흘러넘친다

훨훨 **빛** 알갱이

2

길바닥에서

눈썹이 지렁이처럼 꿈틀대는 사내 길모퉁이 퍼질러 있다
간당간당한 여자가 샛노란 단무지 되어 일으키니
비틀 푹 쓰러져 아예 안방처럼 두 다리 뻗는다
안방에 누우니 얼굴이 숯불처럼 이글거린다
불판에 굽힌 오징어처럼 오그리고 뒤척이다가
넝마처럼 후줄근한 옷가지 벗어 던진다
가는 이 오는 이 힐금거리며 비켜간다
바위 한 덩이 폭풍우도 없건만 쿵 깨진다
간당간당 수양버들 같은 여자 함께 부서진다.
초여름 저녁나절 따귀를 때리는 경찰차 한 대
꿈쩍 않는 바윗덩어리 들것으로 수습한다
'술이 웬수지' 행인의 말 한 자락도 얹혀 떠나고
골목길은 다시 아무 일 없는 듯 고요만 요란하다

막사발

흰 칼라 갈래머리 달랑대던 60년대 여고 시절
동경유학 뿔테안경 여교장 선생님은
월요일 조회시간 훈시에
여성은 물처럼 어떤 그릇에 담기느냐에 따라
모양이 달라진다는 말씀은
그 시대의 지고지순한 가르침이었다
뚝배기 물이라면 가슴에 별을 품을 것이며
맑은 유리잔이면 더욱 티 없이 깨끗이 처신할 것
은잔에 담기게 되면 존귀하게 품위를 지켜야 한다고

문득 그 생각 떠올라
돌아보니 금잔 은잔은 거리가 멀고
투명한 유리잔도 아니고 그러면 뚝배기?
이제껏 미끌미끌 물때 끼지 않고
그런대로 깨트리지 않은 것만도 가슴 쓸어내리며
흔하디흔해서 마구 써먹으며
금 생길까, 이 빠질까 애탕개탕 벌벌거리다가
한 세월 지나 보니 때 낀 막사발 같다

맹꽁이 (동요)

초여름날 한가로운 논두렁에서
비 온다며 끼리끼리 맹 맹꽁맹꽁
물풀 아래 저들끼리 모여앉아서
신통방통 울퉁불퉁 노래 불러요

개구리와 비슷해도 엉금엉금
흐린 날은 저희 세상 맹 맹꽁맹꽁
턱밑 아래 소리통이 보물이래요
초여름날 비 온다며 노래불러요

맹꽁맹꽁 맹맹맹맹 맹꽁맹꽁
맹맹맹맹 맹꽁맹꽁 맹맹맹맹

밭이랑

고향 언덕 황토산 사래 긴 묵정밭에
아련히 들려오는 아버지 쟁기질 소리
이랴이랴 밭을 갈아 이랑을 만들면
어린 우리들 조막손으로 돌멩이 주워내어
콩을 심어 너풀너풀 풀파도 일렁였지

몇 이랑은 콩꽃 피고 다른 이랑 팥 꽃 피어
보라 꽃 노란 꽃 바람결에 두 팔 벌려 춤추던 곳
몰래몰래 숨어서 깨물던 목화 다래 따 먹던 이랑
참깨들도 일렬로 서서 호령하던 사래 긴 밭
황토 산 그 아래 풀 물결 일던 어린 날의 추억

젊은 아버지 어머니 어린 우리 칠 남매 소묘 한 컷.

엄무와 으음

외양간은 울안을 벗어났다
한적한 들판이거나 외진 산속
녹음기 혼자 왕왕 말소리 요란하다
환자 한 칸 침대 같은 우리에 갇혀

지난날 정성 다해 여물 쑤어 익혀
구유에 퍼 주면 달게 먹던 암소는
앉았다 섰다 되새김질 한가로이
젖이나 빨리며 어진 눈 섬뻑섬뻑

뿔 난 송아지 어미 근심하건 말건
까불까불 동무 찾아 사립 넘어 오가다
코뚜레 끼여 팔려갈 적에 이별가처럼
간곡하게 새끼 부르던 소리 엄무 우

이제 싱그러운 풀 뜯은 적 없는 암소
밭갈이 논갈이, 새끼 한번 품은 적도 없어
정한 달月 채우면 떠날 호스피스병동 같은
인적 끊긴 들에서 들려오는 신음소리 으음 음

열외

고고하고 고개 빳빳한 거기는
당당하고 깃발 휘날리는 배움이 펄럭이거나
그도 없으면 내공이나 짱짱한 실력이 있어야지
언 땅에 꽃봉오리 내미는 복수초처럼 번쩍 띄거나
눈 얼음 속 파릇파릇 보리싹 같거나
그 둘 안 되어도 주위 얼쩡거리려면
뱃살처럼 두둑한 전대라는 뒷심이라도
그도 저도 아니니 종종걸음치지 말 것
흙 묻은 언어라도 감지덕지 씻어 건질 것
그마저 자존심 서러우면 보따리 쌀 것
아등바등 죽기 살기 왜 누가 잡느냐고
스스로 앉을 자리 떠날 자리 헤아려
귀로 마음으로 생각으로 저울질해 보라고
누가 붙잡지 않아 스스로 열 외라 느끼는
개도 물어가지 않는 시인이란 이름

왜가리 연정

천변 흔들흔들 공중그네에 올라
굳은 관절 풀어보는데
저만치 바라보는 물가에
왜가리 세 마리 노닌다
잿빛 붕실붕실한 한 마리와
흰 깃털 매초롬한 두 마리

문득 구부정한 나이 되어
나 열여섯 방긋 꽃 필 적
손잡고 싶어 채근하던 까까머리처럼
다리 꼰 잿빛 깃털 주변을
흰 깃털 두 마리 오가며 빙그르르
한 마리 물러서면 다른 놈이 얼씬얼씬

문득 떠오르는 옛 생각에
이제사 가슴이 짠해 자조로 피식
두 마리 한동안 시샘하고 다투더니
덩치 큰 놈 따라 잿빛 날아갔다
남은 한 마리 바라보니
세상일 한 구절이 잠깐 스치는 바람이다.

자연의 회귀

코로나19로 세상살이 뒤숭숭한 이천 이십일년 여름
그 옛날 코흘리개 아이 되어 초가에서 바라보던
별이 총총한 밤 반딧불 깜빡이던 그 여름밤처럼

흑송리 골짜기 텃밭에 검은 차일 드리우면
훨훨 빛 알갱이 춤사위 나풀댄다
호박구덩이 퇴비거름으로 이장里長댁
외양간 쇠똥을 경운기로 부렸더니
우기 지나 아침저녁 서늘한 기운에 반딧불이
싱싱 카 타는 철부지 아이처럼 현란하다

어둠 속 허공에 휘둥그레 경이로운 불빛 함성
반원으로 흥에 겨워 나붓나붓 어깨춤 들썩인다
온 세상 팬데믹에 휘둘려도 자연은 회귀한다.

작법론

겨울 햇살 외줄기에 엎드러 보는 작법론
난해한 문장은 안개처럼 뿌옇다
빛 물결 춤추는 먼지만 보이는 내 눈
활자는 시야를 벗어나 허공에 맴도는데
바닥에는 비유 같은 머리카락 두어 개
절절히 가슴앓이 뒤에 좋은 글 나오려나
박薄처럼 텅 빈 내 두뇌 닮은 마른 밥풀 한 알
손바닥으로 쓸어야 할 보푸라기처럼
눈에 뜨이지 않은 미세한 것들
문틈 사이 들어온 빛 아래 춤추는
맨눈으로 보이지 않는 빛 알갱이 부유물 같은
현미경으로 생각의 조각 퍼즐 맞추는 것일까

장미 석

아라비아 사막
숨 막히는 모래땅에 피는 장미
수백 년 동안 깊숙한 은신처에서 송이송이
꽃을 피워 성자처럼 은둔하다
먼 나라 여기까지 왔다
볼우물 어여쁜 이지적인 모양새
신비로운 석고 장, 사막의 장미 석
한 잎 두 잎 꽃잎마다 수줍게 방긋

절구질 (동요)

속이 깊은 절구통에 떡쌀을 넣고
메를 들어 쿵덕쿵덕 찧어보자
팔을 들어 올려 힘껏 내리치면
쫀득쫀득 찰떡이 만들어져요
쿵덕쿵덕 힘자랑 너도나도 함께
철썩철썩 내리쳐서 떡을 만들자

속이 깊은 절구통에 쑥을 넣고
메를 들어 쿵덕쿵덕 찧어보자
팔 뻗쳐 온몸으로 힘주어 내리치면
쑥 냄새 향긋한 쑥떡이 만들어져요
쿵덕쿵덕 재미나게 우리 모두 함께
철썩철썩 내리쳐서 쑥떡 만들자

정답 없는 셈법

만 원짜리 서른 장을 새 지폐로 교환했다
나 어릴 때 선반 위 콩강정 같은 것
푸른 봉투 석 장과 연분홍 한 장
꼬까옷 때때옷 설빔은 챙겨입지 않아도
반듯하고 올곧게 자라라는 마음 넣는다
대학생부터 초등생 꼬리표 떼지 못한 막내 손자까지
똑같이 셈하려다 다시 보탠다
설날 세배받으며
뜻 펼쳐 나래 훨훨 덕담 한마디와 함께
세뱃돈 셈법이 헛갈려
마음 자라는 만큼 덧셈을 한다
넉넉하면 헛바람 들까 모자라면 서운할까
우리 설날 곶감 같은 세뱃돈 오락가락 정답은 없다.

제망弟歌

가는 길 어디인가
간다 온다 말없이 떠난 사람
한번 가면 영영 못 올 길
자네와 나 형제의 끈으로
웃고 울던 인연 두고
마지막도 볼 수 없었던
무정한 세상, 예순여덟 아우님

마지막 가는 길 외롭고 허허로워
감방 같은 요양이란 허울 좋은 그 이름
무기징역 같은 2년간 코로나로 면회금지
첨단 의술 명의 찾아 두 발로 걸어 들어가
낭떠러지 벼랑 끝에 매달려 울부짖다
피눈물로 찢긴 마음 이승에 두고 갔다
가는 길 어디인고 손 한번 못 잡고
병상에서 홀로 간병인 손에서 떠난 내 아우님

* 22년 3월8일(2월초6일)남동생 별세

지금은

길 찾기는 토박이 노인보다 젊은이가 폰으로
정보화는 부모보다 자식이
전문성은 회전의자 사장님 대신 신입사원이
나이 먼저 묻는 이는 나 꼰대라 광고하는 것
신문물 어쩌고저쩌고 목청 높이면 맛이 간 쉰세대
대학 졸업장 한 장으로 사골처럼 우려먹던 때 지나고
지금은 평생교육 무장해야 헉헉 뒤따를 수 있는 시대
산업세대 저물고 정보화는 NG 세대
옛말에 노인이 가면 도서관 하나 사라진다 했지만
손안에 세계의 도서관이 다 있다 지금은

그렇지만 나도 할 말은 있다
장어탕 추어탕 보글보글 맛나게 끓일 줄 모르지.

진상 할배

차상위계층과 독서노인 노약자 장애인
힘겹고 어려워 몸 아프면 찾는 곳
마음마저 허름하여 절룩이는 사람들
온기로 맞아주는 곳이 보건진료소다

말 잘 듣는 유치원생처럼 고분고분
물리치료 한방치료로 날개를 편다
코로나 뒤 소소한 몸살감기 제한되고
성인병 뚱뚱보 고혈압 당뇨 환자 위주다

감기로 드나들던 할배가 미처 몰랐는지
누구 마음대로 제한했냐고 소리가 크다
세금 운운 지팡이로 바닥을 탕탕 치며
당장 소장 나오라며 목청으로 난동이다

여직원 가재처럼 벌벌 기며 달래건만
더한층 기고만장 누구 맘대로
그때 딱 봐도 만만치 않아 보이는
성깔 깨나 있어 뵈는 쭈글한 할매가
여기가 할배 안방이야 시끄러워 죽겠네

사람을 외모로 판단할 일은 아니지만
평생 세금과는 거리가 멀어 보이는
늙음이 벼슬이라도 되는 것처럼
어르신이라 받드니 막무가내 살아온 듯
보는 이마저 쯧쯧 혀가 십 리 밖으로 나온다

찍는다

2022년 청와대 문이 열려 얼씨구 나들이 찍는다
제일 먼저 날개 편 봉황문 배경으로 찍는다
멀찍이 푸른 기와 푸른 잔디 현재를 찍는다
화면으로 보던 레드카펫 밟으며 마음을 찍는다
제비 날개 멋스런 오운정 생각을 찰칵 찍는다
도도한 복지원 소나무 기氣 꺾인 추억 찍는다
꼬이고 찡그린 향나무 곁에 미소 지으며 찍는다
아득한 전당 영빈관 과장 된 표정으로 영광 찍는다
몇 시간 제왕 놀이 길이길이 남을 미래를 찍는다.
한 시절 권력을 포장한 청와대 상상으로 찍는다
동물원의 원숭이처럼 구경거리로 찍고 찍는다
문을 나서며 절씨구 주름진 생각 제왕 놀이 찍었다

참아야지

복더위에
활짝 열어놓은 창으로 기웃거리는
누군가의 폐부를 거쳐 나온 담배연기
허락 없이 슬금슬금 거실을 배회한다
머리와 팔다리 한 몸인 아파트
감각조차 뿌옇게 흐려지지만
짐짓 눈 감고 마음 다스린다
옛말에 부들부들 분기탱천도 꾹 참으면
살인도 막는다 했는데
이까짓 일 하며
내 마음에 자물쇠 채운다

텃밭의 기록

상수리나무 그늘진 이랑에
싫다고 살랑대도 햇빛은 강제로 걸터앉고
처연한 보름달 재 넘어가면 별들 다투어 뛰어내리는 곳

한낮엔 뻐꾸기, 소쩍새는 밤 보초 서고
가꾼 적 없어도 키대로 난리 치는 잡초
푸성귀쯤이야 한 방도 안 된다며 으스대는 꼬락서니

가당찮게 안달복달 동동거리는 여자에게
무시로 씨름 거는 한삼넝쿨과 바랭이
샅바도 잡기 전 나뒹굴며 비지땀 줄줄 벌 받는 곳

푸성귀 한 손 저절로 입에 들어오지 않는 것
현장실습 하고도 알아듣지 못하는 청맹과니 학습장
팻말만 근사하게 텃밭이라 이름표 세운 곳.

팽이 돌리기 (동요)

팽그르르 돌려보자 힘껏 쳐보자
팽이체로 돌려보자 얼음 위에서
긴목도리 두툼하게 벙어리장갑
비틀비틀 쓰러질라 살려내보자
태극무늬 빨강 파랑 색칠 입히면
알록달록 잘도 돈다 빙 빙글빙글

팽팽 팽이치기 전통 놀이해보자
꽁꽁 얼음 얼어 추운 겨울이 오면
옹기종기 우리친구 함께 모여서
때릴수록 빙글빙글 잘도 돌아요
빨강 노랑 파랑 삼원색 색칠하면
빙글빙글 팽이치기 신나는 놀이

후렴 / 우리나라 민속놀이 잊지 말아요
　　　빙그르르 재미있는 즐거운 놀이

햐아~

두툼한 오리털 파카 없어도 되는 내 고향은
겨울바람이 짚북데기 이리저리 공차기해도
도랑물 가장자리 살얼음만 투명할 뿐

초등학교 음악 시간에 배운 노랫말
'펄펄 눈이 옵니다. 자꾸자꾸 눈이 옵니다'
그 노래 불러도 눈 한번 안 왔는데
아홉인가 열 살 때 새벽녘 눈을 뜨니
햐아~ '하늘나라 선녀님들이 보들보들 하얀 솜을'
온 마을 가득가득 채워 놓으니

집 뒤란 대나무가 기특한지 행여 쏟을까 조심조심
사랑채 앞 노송도 어험 큰기침 참느라 눈만 섬벅섬벅
생전 처음 백의 입은 뒷마당도 어리둥절 휘둥그레
눈부신 설경에 멍멍이와 우리 형제들만
이리뛰고 저리뛰며 온 마당에 그림 그렸다.
아직도 눈 내리면 햐아! 그 찬란한 탄성이
눈雪에 눈眼 부셔 눈眼 못 뜬 그 아침이 된다

훨훨 **빛** 알갱이

3

공항에서

어둠 깊은 섣달그믐
인천공항 로비다
로비에서 바라보니 푸른 물 거센 아득한 바다 같다
바다에는 흰 포말 속에 시커먼 고래 떼들이
쉼 없이 유영한다
범고래와 밍크고래 돌고래와 흑동고래
주둥이가 뭉뚝한 종류조차 헷갈리는 고래 떼들이
물살을 가른다
여기저기 불쑥 머리를 쳐드는 광경
출렁이는 파도가 숨 고르는 시간에
덮인 눈雪을 털어내는 뜨거운 물줄기
더러는 성급하게 튀어 오른다
해변 같은 로비에 서서
울릉도 장생포 앞바다인지 헷갈리는 곳에서
어느 놈이 먼저 물살을 가를지
숨 고르는 여기는 항공기의 바다
인천국제공항 활주로는
고래 떼가 유영하는 곳

세계를 무대로 뛰는 사람들
꿈에 부풀어 파도를 가르며
잽싸게 고래 등에 올라탈 기회를 노리는 곳
공항은 고래들이 서식하는 바다다.

나리타공항에서

장소 가리지 않고 웃고 떠들던 망나니 시절 나처럼
나리타 환승 공항 로비에 설익은 젊음 한무리
빙 둘러앉아 고스톱 삼매경에 빠져있다
'피박이다 피박'
찰랑찰랑 매직 파마 긴 머리 교성 같은 목소리에
캥거루 티 자르르한 청년도 맞장구 친다
'똥이다 똥'
지나치는 여행객들 곡마단 보듯 흘끔거린다
어디서나 목소리 크면 이기는 줄 알던 한창때 나처럼
하하하 호호호 로비가 왁자하다
착착 경쾌하게 패를 섞는 화투짝 소리
나리타공항에서 자투리 시간 땜질하는 그들
내 앞가림도 버겁지만 오지랖인 나도
똥이라고 큰소리치는 젊은이처럼
한 바가지 쿠린 똥바가지 팍 엎질러 놓고
덩달아 괴발개발 떠들고 싶다
일본 제국주의가 오물로 떨어트리고 간 화투짝
로비에서 고성방가 좀 하면 어때
고상한 척 속으로 눈살 찌푸리는 자국민들
흥! 웃기지 마라.
너희 선조들이 뿌린 씨앗 요렇게도 발아할 것 몰랐지.

도라지 꽃

어머니 텃밭 이랑에 꽃잔치 열렸다.
진보라와 하얀색 일부러 연출한 듯
선친기일 오랜만에 모인 형제자매들
한 줄로 마음 맞추니 도라지 꽃밭이다
어머니가 가꾸는 푸성귀들 그중 한이랑
자분자분 속삭이는 꽃봉오리 닮는다
형제들 색깔은 제각각 다르지만
봉긋봉긋 나긋나긋 꽃 입술 만든다
울퉁불퉁 속마음 접어두고 남실남실
백발 어머니 텃밭에서 아옹다옹 자라
햇살 아래 방글방글 도라지꽃 핀다.

명절 쇠러 간다

명절 쇠러 가는 버스 안 노인들 풀죽은 곡식자루 같다. 외기러기 노인 머리를 주억거리며 꿈속에 빠졌다. 땅에서 가꾼 보따리 두어 개 발아래 두고 손자놈처럼 눈에 보여야 한다. 허리 굽혀 흙에서 가꾼 잡곡 한 됫박, 무 두엇, 배추속 고갱이 같은 빳빳한 심지는 후줄근해졌지만 흔한 푸성귀 같은 몸 반기기나 할까. 싸구려 떨이 같은 생, 하룻밤 잠자린들 다리 쭉 펴는 것 눈치 보이지 않을까. 골골이 주름진 얼굴 아궁이 매운 솔가지 연기처럼 시름 자욱한 시골 버스 달린다. 한 뭉치 꾹 찔러줄 수 없는 지렁이처럼 툭툭 불거진 갈퀴 손, 명절 쇠러 절름절름 덜컹거리며 외줄기 지방도로 느릿느릿 시골 버스 달린다. 따끈한 방 안에서 TV 보고 앉았을 자식들 오는 것 번거롭다고, 삭정이 한 몸 움직이면 된다고, 이름마저 헛갈려 혀도 돌아가지 않는 허공에 솟은 까마득한 아파트로 물렁물렁한 곡식 자루들 명절 쇠러 간다.

모정

4월 연두 물감 같은 살여울 봄바람
노랑나비 흰나비 날갯짓
세필 붓끝 닮은 꽃봉오리
발그레한 볼 초승달 미소
이파리로 꼭꼭 숨기며
향기롭고 겸손한 떨림으로
반듯하고 올곧게 자라라는 저 마음
훗날 손가락질 울퉁불퉁 못난이
가슴앓이 자식 될 것 어찌 알까
연분홍 여린 미소 살뜰하게 껴안고
반듯하게 자라라 두 손 모은
저 어미 모과나무가 껴안은 연분홍 세필 꽃.

부부

어금니 한 개 욱신거려
치과로 갔다.

삐걱대며 살아 온 날들 들킨다
마음속 옹어리진 지난날 파헤친다
찜찜한 과거들을 다그침 당하며
망치와 끝까지 동원 된다
갉아내고 두드리며 한바탕
어물쩍 살아온 날들 수모로 붉어진다
한 이불속 동침 운명으로 받아들이며
똬리처럼 엮어진 후 언제나 다소곳한 나
온 몸 눌리고 포박당하며 오욕도 참는다
사는 동안 가끔 급한 성깔에 깨물리며
눈물 글썽이다 소리죽여 흐느낀 적도 있다
어차피 주어진 운명이라 체념하며
딱딱하고 모난 성질의 그와 나긋나긋한 나
가끔 그의 보호가 부담스러워도
심지가 물렁하게 타고난 천성이라

미운 정 고운 정 쌓아가며
이날까지 내색없이 견디었다
살아온 나날들 아픔도 짐짓 외면하며

치료 내내 불편한 마음 다스리며
숙명처럼 참고 쓰다듬는 입속의 혀.

恨송이 선인장 꽃

단 한 순간
그것도 한나절에
속절없이 지는 꽃
그런 선인장 꽃
누가 본 사람 있나요?

칠 남매 장남 쉰아홉 그
사원들 저절로 우러러보는 자리
직책은 승승장구
맏이 역할도 당당했는데
꼭 한나절 피는 선인장 꽃 같은
듬직한 청년 외아들을 잃었다.
아비의 허물인가?
행여 남의 가시로 산 적 있는가?
앞뒤 둘러보며 슬쩍 아프게 찔려 본 적 있는가?
생살을 도려내는 참적의 벌
대신 가지 못한 회한을 앓는 아비
순간을 놓치면 져버리는 희귀한 선인장 꽃

꽃 진자리 상처 되어
가슴속 초혼가 한 소절로
비수로 꽂힌 恨송이 선인장 꽃
흔적없이 꽃 졌다
혹시 누가 본 사람 있나요?

살아남기

펄펄 뛰는 물고기 중에
광어 도다리 놀래미 방어는 활어다
그러나 똑같이 뛰어봐도 붕어 가물치 뱀장어는
활어라는 이름과는 거리가 멀다

시인이란,
이름만 말해도 깃발처럼 드높은 이가 있고
흔하디흔한 장삼이사처럼 무명인도 있다
그래도 아등바등 문학지 곁을 맴돌며
퍼덕거려보지만 시인, 그 이름 아득하다

행여 詩사랑에 구정물 일으켜 손가락질 받을까
자가당착에 빠져 허우적거리며
태생이 민물이라 바다를 누비는 활어의 영역은 감히 다

한 잔 술에 쌈박한 안줏감은 못 되지만
민물 태생 붕어 가물치 뱀장어도 손맛을 가미하면
횟감 되는 활어 영역은 넘보지 못하지만
펄펄 끓이고 푹 고면 몸보신 진미가 되는 이도 있다

옷을 봐야

눈 한쪽이 충혈되어
이른 시간 동네 안과에 갔다
비슷한 연배의 안노인도
눈이 짓물러 왔나 싶어
"눈이 아프신가 봐요"
"아~ 네"
조금 후 흰 가운차림이다
한 마디 실수가 계면쩍다
진찰실 안
턱을 당기고 초점을 눈에 맞춘다
정수리에 박힌 실수
나이만 엇비슷한 환자인 나
하늘과 땅만큼 간격이 크다
갑과 을의 위치처럼
깊숙이 허리를 숙이며
서툰 결례를 엎드린다
옷으로 사람을 저울질하는 내 눈
흰 가운을 입어야 의사로 보이니
안과가 필요하다
입은 옷을 보고 사람을 알아보는 내 눈
마음까지 벌겋게 충혈된 뒤 안과를 나섰다.

해변 와이키키

아랫도리 불룩한 야자수 나무가 보초병처럼
묵묵히 줄지어 굽어보는 와이키키
여기는 비키니와 슬러퍼만 유용하다
알록달록 비치파라솔은 아예 사절
태양아래 맨살로 드러누운 사람들 뿐
늙은이건 젊은이건 뚱보이건 말라깽이건
거리낌 없어 한국인 내 잣대는
아예 무용지물이다
이름값에 걸맞게 은모래와 투명한 물빛이 아른대지만
파도도 갈매기도 부재중이다
멋스런 모자 따윈 무용지물
오직 내리쬐는 햇볕에
반라의 몸으로
활보한다, 해변을 이탈한 도시의 거리에서도
호텔. 음식점. 상가에도
걷거나 달리거나 내키는대로
점잖은 야자수야 무슨 생각을 하든지 말든지
끈과 끈으로 이어진 비키니 차림의 사람들 사이
가리고 동여 맨 내 모습이 어색하다

훌렁 벗고 사는 것도 별 것 아닌 해변에서
비키니 차림으로 은모래위에 눕는다 마음으로만
본래 벗은 몸
꽁꽁 싸맨 것이 가식처럼 느껴지는 여기는
와이키키해변이다.

은하수

어둠이 먹물처럼 번진 창공
항공기가 착륙을 숨 고르는 시간
쪽창으로 보이는 도시의 야경
여름밤 반짝이는 별나라가 저기 있네
은하수 흐르는 저 아득한 강줄기 좀 봐
별똥별도 유성을 긋고 있네
모래언덕 끝없는 사막을 여행하며
별 무리가 잡힐 듯 가깝다고 말하지만
저만치 전설 같은 동화 나라 있네
흐르는 강줄기에 돛단배 한 척 띄워
초롱초롱 별 무리와 어울려 살고 싶네
유성은 주르륵 하늘가득 자꾸 쏟아져
선을 긋는 야경을 이제야 보네
어우렁더우렁 각박한 삶 힘겨운 지상에도
강물처럼 흐르는 별 밭이 있었네
낙원은 저 멀리 있지 않았네
모깃불 피워놓고 평상에 앉아 바라보던
푸른 은하수 강물이 지상에도 흐르고 있었네.

줄리안

베란다 화분 안 노랑꽃 줄리안*
봄볕 마중 오종종 허리 굽혔다
눈 맞춰도 본척만척하더니
낮게 엎드려 꽃망울 터트렸다
문득 돌아본다, 나를
저리도 절절하게 사모하는 마음이라야
한 송이 꽃이 피는가
뻣뻣한 마음 다소곳 엎드려야
저렇게 마음까지 샛노랗게 물이 드는가
굽히고 낮추는 겸손은 비굴함이 아니라고
저 낮게 엎드린 줄리안을 보며
목을 세운 젊은 날들 되돌아보게 만든다.

* 줄리안 ~ 앵초

질매叱罵

무명시인 시집 한 권이
무릎 낮춘 언어들로
다독다독 마음을 어루만진다
모난 생각들 부드럽게
봄 햇살과 눈 맞춘 눈물처럼
구름과 바람을 품에 안았다

누구는 한때 시인의 이름이
벼슬인 줄 알고
허니문 베이비 같은 첫 시집 내고
기브스 한 목으로
번드르르한 이름만 보이면
'시집 한 권 증정 드리겠습니다'
쇼핑백 가득 무식함도 빵빵하게 함께 넣어
그 여자 자가용 BMW을 끌고
의기양양했는데
저런, 저런, 속으로 혀를 차고
뒷담화로 손가락질 해도 모르고
'축하합니다, 잘 보겠습니다.'

입에 발린 말이 참인 줄 알았다
돌아선 후 푸우! 웃음 참던 그 모습들

뭣 몰라 용감무쌍해서
겸손한 모습 조곤조곤 달래듯 손질한 언어도 아니면서
무명시인 꿈틀거리는 비유가 이런 것이라며
익지 않아 고개 든 뻣뻣한 벼 이삭처럼
지난날이 이제야 뜨끈뜨끈 화끈화끈 쥐구멍을 찾는다.

차의 용도 법

부글부글 끓인 보리차는 속 다독일 때 마시고
생강차는 마음 깊이 생각할 일 있을 때 마시고
발그레한 수정과는 수정해야 할 때 마시고
둥굴레차는 모난 생각 다스릴 때 마신다

옥수수차는 마음 우수수 낙엽처럼 흩날릴 때
황기차는 갱년기 소낙비 내리면 마시고
결명자차는 눈앞에 벼락 칠 때 마시고
뽕잎차는 하체에서 체신 없이 피빅 거릴 때 마신다

국화차는 갈바람 색색의 단풍 그리우면 마시고
금잔화차는 달작지근한 향기로 마시고
연꽃차는 마음 밭 다스리려 마시지만
쌍화탕은 갖은 고명 동동 동동 바쁠 때 마신다

우리차는 눈 어둡고 귀 먼 이가 마시고
물 건너온 외지 차가 국민차가 된 지 오래
커피는 천하를 통일하여 물처럼 마시지만
라떼와 아메리카노는 입에 붙어 마신다

치자 꽃

숫처녀 귓불에서 풍기는 향취다
오월하순 쭉정이 빈집 짓고
한 줌 화분 안에서
이십 여일 호되게 몸살 앓더니
참다 참아내다 툭 터트린 아침
상큼하고 탱탱한 옹알이 같다

뽀얀 치자 꽃.

찻집에서

친구 일곱이 오랜만에 인사동
4대 문 안 서울 복판
우아하게 찻집에 들어갔다
생머리 긴 세련된 아가씨들과
영화 속 연인들 같은 쌍쌍들 사이
만만한 구석 자리 차지하고 옛 추억에 젖어
노른자 동동 띄워내던 쌍화차 주문했다
투박한 도자기 찻잔에 고명도 찬란하게
대추 잣 곶감 또 일일이 이름도 아리송한
견과들이 동동 뜨는 종지만 한 차 한잔
길거리 수다들도 짐짓 목소리 낮춰 소곤거리며
역시 서울도 복판은 분위기도 다르다며
있는 교양 없는 교양 잔뜩 포장하며 일어나
금빛 카드가 아닌 체크카드 내밀었다
어이쿠, 이게 뭐야 칠만 원, 다시 봐도 동그라미 4개
"보소 결제 금액 이거 뭐요"
본색 나와 투박한 사투리로 목소리 높이니
"네 맞습니다, 어머님" 말씀도 공손하다.
참말로 눈 뜨고 코 베인 것처럼 교양이고 나발이고
"사장요 이리 비싼 차는 내 칠십 평생 처음이오"

세련된 찻집 안 손님들이 일제히 목을 돌린다
"어머님 여기 처음인가요?"
이래 봐도 나 서울특별시민인데 속으로만 꿍얼
계란 노른자도 띄우지 않은 쌍화차가
한 끼 든든한 칼국수보다 비싼 인사동 그 찻집
청할 리야 없겠지만 다시는 볼 일 없다
간 떨어질 뻔한 그 찻집의 차 한 잔

층층나무

청계산 오르는 길
6월의 나무들은 북청색이다
저마다 한껏 신록으로 짙푸르게
키대로 가지를 쭉쭉 뻗으며
너도나도 영역을 넓히지만
계획대로 한 층씩 공사 중인 나무가 있다

기초공사부터 다잡아
아래부터 일정하게 높이를 조절한다
양생의 법칙으로 햇볕과 바람이 드나들도록
창을 내듯 간격과 안배도 맞게
타인의 시선도 배려해서 한 층씩
자로 잰 듯 정확한 공식도 적용한다

조바심내지 않는 마음도 넉넉하게
촛대 끝에 앉아 우는 뻐꾸기가 먼저 세 들까
아니면 목소리 텁텁한 직박구리 부부가 짐을 풀까
홀아비 까마귀가 문을 두드릴지 몰라
먼 길 다니러 온 아비 밥 한 끼 대접못한 산비둘기
청승스레 울어도 다독이며 받아 줄 마음을 짓는다

청계산 오르는 길
숲들 제 몸집 부풀리는 6월
천편일률 비슷비슷 유행 따라 뽐내지만
우뚝 솟은 빌딩 숲 한켠 보금자리 서민아파트처럼
초라한 것 같아도 꼭꼭 감춘 꿈 야물게 영글어
차근차근 집 한 채 짓고 있는 층층나무.

코스모스

여럿이 무리지어
해맑은 얼굴로 방글거리는
저 미쁜 몸짓들
걸음나비로
단발머리 찰랑찰랑
볼우물 어여쁜 소녀들처럼
하얀 얼굴 빨강 티 분홍점퍼
희룽해룽 살랑살랑
막새바람 간질임에
수줍게 흔들리는 모습
은발의 옥색 하늘 안 본 척
슬쩍 빙그레 내려다보시네.

할미꽃으로

불꽃같은 극점으로 만나
몇 십 년 동고동락
미운 정 고운 정 속속들이
화선지 수묵화처럼 스미다가
시절 따라 물드는 단풍계절 지나
처연하게 뚝뚝 내려앉는 낙엽의 계절
저만치 헐떡이며 마라톤으로 달려오건만
귀한 손님맞이하듯 다소곳이 반기기는 싫어
구비 구비 갈증으로 목을 축이며
조심스레 받아드는 은발의 시간
세월 결로 빗어내려 저무는 석양아래
들숨 날숨 내쉬며 심지를 북돋으며
자주색 꽃불 켜고 잔설 남은 봄 언덕에
허리 굽혀 마주 볼 그날을 기다리리.

후회

이사 뒤
살던 곳을 떠올려본다
이문동, 담장도 없었던 중앙정보부가
아이들 놀이터가 될 때 호랑이 굴인 것 몰랐다

산본은 수리산 관모봉과 슬기봉
언제든 마음 내키면 오를 수 있다고 여겼다

귀촌하여 예천에 살 때 조선 시대 삼강주막
세금 내는 소나무 석송령도 내키면
간다며 되바라진 생각만 했다.

독산동 물오리 노는 안양천에 간다
지나면 후회할까 벼르다 놓칠까
돌아보니 가까이 있는 것 하찮게 본 것이다

염창동에서 쉬엄쉬엄 갈 수 있는
선유도와 여의 공원 미루다가
이제는 쓸모없다 내다버린 세간처럼 아쉽다

옆에서 손짓할 때 수리산, 하늘공원, 선유도
짬을 내면 지척인 곳
차일피일 미루다가 바로 저긴데
얕보다가 멀어졌다

어디 그것뿐일까, 지금 허물없는 사이도
늘 손잡을 수 있다고 해롱대다가
어느 순간 아차, 가슴 치겠지
이제는 저기, 저긴데 하며 미루지 않으리라.

훨훨 빛 알갱이

4

건망증

여행을 준비하며 혹시 여권 분실하면
오도가도 못할 일 생길까 봐
미리 복사해 두고
사진 한 장 따로 챙겼다
깃발 따라 줄레줄레 따라나설 길
한눈팔다 발길 엉키면
허둥대지 않으려 인화된 마음까지
틀림없이 잘 챙겨두었는데

어디다 두었는지 머리카락 보일라
온 집안 들쑤시다 찾기를 포기했다
복사한 생각 인화한 마음 어디다 두었는지
없다, 어디에도 없다 지갑에도 서랍에도
포기하고 다시 시작하려 여권 펼치자
그 안에 꽃잎처럼 하르르 떨어지는 사진과 복사지
쿡쿡 허탈한 건망증이 깔깔댄다.

고향마을

인근에서 물 좋다고 소문난 고향마을
샘이 마른다
슬금슬금 이사 온 공장들이 땅속 헤집더니
매캐한 냄새들 덩달아 우쭐우쭐
밤하늘별들도 숨바꼭질 잦더니

달빛마저 백내장 앓아 어두컴컴
옥색 하늘도 회색 구름 차일 친다
얼굴 비치는 도랑물과 실개천 은하수
시름시름 앓더니 논밭도 칼금 생기고
깨끗한 기억 함몰되어 신음하는 고향마을

골목길

잠결에 가랑잎처럼 목 안이 바삭거려
구르다 뒤척이다 부스스 기침起寢한다

물 한 모금 삼킬 수 없다
운무 같은 안개 속
꼬투리를 잡힌 일이 있었는가?
이렇게 벌겋게 열 오를 일이 목 안만 있을까
이것저것 욕심껏 들이킨 생각들이
드디어 탁 걸려서 시위 중
바글바글 끓인 생강차 한 모금으로 달래 볼까
물조차 거부하는 좁은 골목길
몸으로 관통하는 마음들 저지한다
언제나 길은 열려 있다는 고정관념 뒤로
당당하고 오만하게 걸어온 날들 부끄러워
마음을 수그리고 허리를 굽힌다

몸 안도 때론 비질이 필요한 구불텅한 길
쓸고 닦으며 조심조심 다독일 골목길이 있다

꽃 접기

송편을 빚자
열나흘 달빛 버무려
골고루 익반죽 하고
만월 빛 흥건히 소를 만들자

두 손으로 동그란 새알심 만들어
왼손 받쳐 오른손 엄지로 물레 돌려
가만히 마음 모아 소를 넣고 야무지게
벌린 입술 꼭꼭 틈 없이 오므리자

앙증맞은 흰쌀 꽃 완성이다
푸른 솔잎 켜켜이 앉혀
한 소 큼 열탕 속에 김 올리면
풍성하고 만개한 송편 꽃 핀다.

단

단잠
단호박
단감
언제는 '단'자 붙은 말 선호하여
단잠 자고나면 동창처럼 환했다

단이 다디단
날들은 가고
생각들도 흩어지고
무엇으로 살았나
티끌 같은 부질없는 단편들

장단이 되지 못한 끊어진 생각
지금 단장취의斷章取義같은.

들꽃 세상

선친을 뵈러 간다
이승 떠난 지 몇 해만인가
유월 초사흘 땡볕
아직도 눈물인 양 땀방울 흐르고
일평생 일군 논과 밭
내려다뵈는 들녘에 그대로 두고
세평 땅 선산에 드셨다
그마저 혼자 갖기엔 마음이 쓰이는지
찾아온 들꽃들 품어 안았다
제일 먼저 달려온 개망초
삐죽, 삐죽 가시 잎 엉겅퀴
오종종 저들끼리 키 맞춘 패랭이
가을을 사모하는 구절초 한 무더기
생전에 허리 휘게 일군 땅
모두 두고 가신 분
저승인들 세평 땅 혼자 갖기 송구해
실뿌리 여린 순
씨앗 한 톨 바람결에 묻어오면
끌어안고 다독이는 선친의 무덤
거기는 들꽃들 세상이다. (02.5)

막사발

흰 칼라 갈래머리 달랑대던 60년대 여고 시절
동경유학 뿔테안경 여교장 선생님은
월요일 조회시간 훈시에
여성은 물처럼 어떤 그릇에 담기느냐에 따라
쓰임이 달라진다는 말씀은
그 시대의 옳은 가르침이다
뚝배기 안 물이라면 가슴에 별을 품을 일이며
맑은 유리잔이면 더욱 티 없이 처신할 것
은잔에 담기게 되면 존귀하게 품위를 지켜라 하셨다

문득 그 생각 떠올라
돌아보니 금잔 은잔과는 거리가 아득하고
투명한 유리잔도 아니고 그러면 별을 품는 뚝배기?
오늘까지 미끌미끌한 물때 끼지 않고
조심조심 깨트리지 않은 것만 가슴 쓸어내리며
흔하디흔해서 함부로 사용한 것 같다
그래도 금 갈까, 이 빠질까 애탕개탕 벌벌거리며
한 세월 지나 보니 투박한 막사발 같다

면충 縣蟲

蟲, 蟲, 멍충이 식충이도 아닌 면충을
고향땅에서는 과분하게 선녀벌레라 말하지만
선녀도 천사도 아닌 것이 백의를 입고
가지 고추 땅콩 오이 여린 줄기에 붙어
가릴 것 없이 쪽쪽 피골을 말린다
다닥다닥 붙어 한겨울 만개한 눈꽃처럼
분칠하고 나긋나긋 줄기마다 고물고물
소곤소곤 귀엣말 간질이며 착 달라붙어
검은 마음 감추고 어여쁘고 깜찍하게
또닥또닥 눈짓 몸짓 애교를 부리며
모조리 끝장 봐야 떨어지는 애첩이다
소곤소곤 나긋나긋 사랑을 위장하는 면충.

母어

패안타* 손사래 젓는 구순 어머니
시류 따라 폰을 장만했다
자식들 너도나도 통화를 시도해도
신호만 갈 뿐 감감무소식
유선 전화처럼 붙박이로 한곳에 두는 어머니
주머니에 넣든지 손가방에 챙겨야 한다고
거듭거듭 말씀드린다
자식 집 가는 길
폰 챙겼는지 궁금해 물으니
게아통*에 있다며 바지주머니를 만진다
자녀들 순서대로 단축키 설정하고
차례차례 입력된 폰
3은 셋째 7은 막내라는 말에
숫자도 보일 듯 말 듯 아쿠럼*하다는
자식들만 유일하게 알아듣고 반응하는
'뿌옇고 흐리다'는 말씀

그 말은 자식들만 알아듣는 암호 같은 '母어'다.

반장일 볼 때

애처로이 찬바람에 휘둘리는 낙엽 같은
호호 백발노인
보조대 밀고 한 발자국 뗄 때마다
경기하듯 단발마 비명 지르며
급하면 '반장요' 하며 전화했다
귀속에는 벌떼가 살림을 차려
윙윙 와르르 들었다 놓는다며
다섯 남매가 벌떼보다 나을 것 없다며
별것도 아닌 부탁 일 들어주면 미안한지
오죽 답답하면 자식을 흉을 보랴 싶어
그래도 부모가 마음 돌리시라 위로드리니
아파트 두 채가 자랑이 아니라
자식들 산산조각냈다며 우셨다
'반장요 복덕방에 우리 집 좀 내어주소'
아무리 섭섭해도 자녀분들과 의논하시라 하니
영감 돌아가시고 몇 년 지나니 재산만 눈독 들여
자식들과 돌아앉은 14층 할머니
몇 년간 반장일 할 때 사람 사는 일을 다 배웠다
이삿짐을 꾸려 그곳을 떠나 옮겨 앉았지만.

받아쓰기

예를 들어서 말이지
원청에서 개당 만 원에 입찰받으면
하청은 칠천에 내려받지
괜찮지 여기까지는
그런데 재 하청을 주거든
재 하청은 삼천오백이야
그러면 어디서 뜯어먹느냐?
일당에서 빼야지 그러니
숨 못 쉬게 닦달하는 거야 감독이
공기 단축에 걸렸거든 죽기 살기로 시켜야
단가가 줄어드는 거라고.

허름한 작업복 벙거지 눌러 쓴
얼른 봐도 사는 일이 힘겨워 보이는
히끗히끗 덥수룩 허연 머리 남자 둘
서너 평 쪽방이나 있는지 아니면
미간 골 깊은 늙수그레한 아낙이나 있는지
가을비는 때 없이 추적추적 내리는데
때 절은 작업복도 불콰해진 포장마차

주거니 받거니 등허리 휘는 말
무 줄거리 김치처럼 씹고 있다

우연히 듣게 된 세상 시름 한 구절
날것으로 받아쓰는 내 마음도 절름댄다.

버스 정류장

목련꽃이 북쪽으로 꽃봉오리 열듯
승객들 버스 오는 방향을 바라본다
아이보리색 바바리 백목련 같은 여인
자목련 닮은 자주색 윗도리 멋 부린 아가씨
검정 코트 중년 신사는 목련나무 둥치다
점퍼 차림 노동자 여럿은 가지가 되어
일제히 한 방향으로 목 돌리고 섰다
하루의 일과를 꽃피우기 위해
출근 시간 늦을라 애타게 바라본다
봄 햇살에 북쪽으로 봉오리 연 목련꽃처럼
승객들 그리운 임 맞이하듯 버스를 기다린다

사과 봉지 씌우기

가벼워진다.
유월이면 옷차림이
하늘하늘 매미 날개처럼 가볍게
노출에 흥분이 살짝 실눈 뜨는 계절

뜨거운 열기가 심할수록
치렁치렁 긴 옷으로 무장하는 중동 사람처럼
겹옷을 입혀 햇빛과 바람을 차단한다
오동통 물올라 막 몸매가 도드라지는 시기
누가 곁눈질할까 음흉한 손길 뻗칠라
행여 시건방진 사내놈 힐 눈으로 쳐다볼까
재빨리 단속시키려 몸매를 여민다
싫다며 도리질하건 말건 나무라며
휘파람새 뻐꾸기와 잠깐 눈 맞춘 것조차 거슬려
매미 날개의 계절 유월에 겹옷을 억지로 입힌다

입 앙다물고 꼭꼭 여며주며
단속하는 내 마음인들 나비처럼 가벼울까
하늘과 바람과 새소리와 입 맞추는
고까짓 일도 거슬려 야무지게 사과 봉지 씌운다.

신호

회로 엉켜
불 꺼진 깜깜한 생각들
정신도 울퉁불퉁 몸마저 사시나무
풀썩 넘어지는 마음 지팡이는 필수

꿈길인지 현실인지 오락가락
저 사람 누구더라 갸우뚱
거울에 비친 제 모습 어리둥절
미간 찡그리며 누굴까 아리송

늘 오가던 길목도 툭 어깨 치며 아득해
칡넝쿨로 등나무로 꼬인 매듭 못 찾고
잊고 잃고 놓치고 휘둘리며 어리벙벙
마음 길 허둥대는 순간순간 무슨 신호인지?

연하엽서

아른아른 초점 모을 어머니께
학이 나래 편 엽서에 문안 글 쓴다

뿌옇게 흐린 눈 돋보기 쓰시고
굽은 손가락 짚어가며 읽을 모습 떠올리며
한 해 끝자락 진한 붓 펜으로
식은 밥 한술 같은 안부 두어 줄

천 리길 멀다며 핑계는 번드르르
젖은 마음 동봉하는 연하엽서 한 장
충혈된 마음으로 받아 안은 우체통
사무치는 그리움에 발걸음이 깜깜하다

자갈밭

황토산 아래 코나무골
아버지 쟁기질 따라
무명수건 머리에 두른 어머니와
어린 조막손으로 발소쿠리 가득
돌맹이 주워내던 산자락 밭
너풀너풀 콩잎과 노란 꽃 자잘한 팥이랑
몰래 깨물던 다래가 달콤한 목화밭
추석 대목 참깨들이 일렬로 서서 호령을 하면
이쪽에서 저쪽까지 긴장하는 사래 긴 이랑

전자렌지

플러그를 연결한다
비로소 핏줄 도는 몸
언 사고를 해동한다
조금씩 풀어지는 사색
뭉친 마음 30초만 가열하면
맺힌 매듭 헐거워진다
날 것 풋 냄새 고약한 내 자존심
빙빙 몇 바퀴쯤 익히면
해맑게 완숙될까
그 안을 거쳐 나오면
느슨하고 부드럽게 변신함을 본다
데글데글 오만한 옥수수 알갱이를 보라
순식간에 환한 얼굴로 되돌아 나옴을

때도 없이 불쑥불쑥 어지러운 감성들
필요할 때마다 렌지 안에 몇 개씩
퐁, 소리나게 익혀 뜨거울 때 재빨리
후후 불어 키 맞춰 조르륵 나열하고 싶다.

자본주의 아프리카

양치질 않아도 충치가 없다는
아프리카 원주민은
'투투'나뭇잎을 껌처럼 씹어서
풍치 충치가 생기지 않는다고 한다
믿거나 말거나,

전동차 안
자, 여기
이 시리고 입 냄새나는 사람
담배 피우는 사람
한여름에 찬 것 못 먹는 사람
물 한 방울 묻히지 않아도
말끔해 집니다요

신통방통 아프리카가 원산지라는 충치약

한 개는 삼천 원 두 개는 오천 원
안 써본 사람도 딱 한 번 써보면
요 제품 피 알 자처합니다요.
자, 자, 써 보시고 다시 찾는 사람

아! 거기 계시다구요
아프리카 '투투' 나뭇잎이 호객을 한다

지구의 반대편 아프리카 오지에서
동북아 한국까지 원정 온 투투
승객들 안 들은 척 졸고 있는데
찬물에 깜짝 놀라는 어금니 한 개가
허공에 치는 거미줄 같은 피 알에

혼자 솔깃해지는 자본주의 아프리카.

천고마비

하룻밤 사이 영하로 곤두박질 가을
아차, 게으름 부려 한발 늦은
뱀
　한
　　　마
리

펑퍼짐한 호박 한 덩이 거두려다
땅인지 검불인지 마른 이파리인지
잘 보이지 않는데
무
　엇
　　　인
　가
꿈
　틀
꿈
　틀

뒤집히고 꼬꾸라져도
세모꼴 대가리 헛바닥 날름날름
번들번들 살진 몸통 올록볼록하다
뱀마저 비만하고 살진
천고마비 가을이다

코로나 2

저만큼 보이던 거대한 호텔이 해체됐다.
휴일이면 검은 세단 꿀꺽꿀꺽 체하지도 않더니
옥상에 새침 떨며 자존심 빳빳하던 소나무도
객실마다 또각또각 도도한 발걸음도
눈에 본 적도 잡히지도 않는 가공할 왕관 쓴 놈이

처음 환한 불빛부터 등뼈 같은 시멘트벽까지
쭈빗쭈빗 철골도 보아뱀처럼 꾸역꾸역 삼켰다
된바람 소리도 가림막 둘러치고 거뜬하게
별별 짓거리들 보여야 한판 붙어보기라도 하지
갖은 해악 당하고도 손해배상 청구 없이 멀뚱멀뚱

현수막

'자식처럼 돌보아 드립니다'

펄렁 펄렁 윙크하며 손짓한다
몸 사시나무처럼 벌벌거리고
정신머리도 안개 끼듯 뿌옇게 흐려 지면
언제나 반기는 요양원이 손짓한다
허울 좋은 면회는 또 다른 효도법
한 평 침대에 짐승처럼 묶지 않아도
한 주먹 알약과 안정제 몇 알은 낙상 방지용
몸과 마음 사육당하면 조금 어눌한 생각도
눈길에 미끄러져 엉치뼈 골절된 것처럼
다시는 두 발로 걸어 나올 수 없는 곳

'가족처럼 보살펴 드립니다. **요양원'

바가지

이름은 촌스럽지만 정감이 있다
박 바가지 종고랭이조롱박 플라스틱 바가지까지

어묵 한 접시 오천 원이라고
자장면 한 그릇 만 원

산사에서 목마르면 졸졸 흐르는 약수 한 모금
버들잎 띄워 마시던 조막만 한 바가지가 생각나는데

고소한 번데기 한 주먹 오천 원이라고
휴게소에서 순번 기다리는 호떡 두 개도 삼천 원

속 하얀 박 바가지 마음속에 참하게 떠오르고
퐁퐁 얕은 우물 속 말간 샘물 목축이던 바가지가

세상인심 욕심만 가득 못쓰게 훌러덩 뒤집혀
덤터기로 왕창 풍선처럼 부풀려 폭 덮어씌운다는 말

저절로 딱 입 벌어지게 한 바퀴 요상하게 둔갑하여
내 잇속만 차리는 축제장 단골말 되었는지

선크림

사람의 품성을 비유하는 여러 말 중에서
똥은 옆에 두고 먹어도
사람 두고는 음식 못 먹는다는 말 있다

좋은 인연을 만나 반값에 사게 된 선크림
두 개 남아 가까운 친구에게 선물했다
속마음에 두었다면 그뿐인 것을

입 밖으로 꺼낸 말이 그만 살이 붙어
미처 챙기지 못한 서운한 마음만 선물 했다
아무리 싸매도 향 싼 종이 향냄새 난다더니

무심코 생각 없이 발부리로 툭 찬 돌처럼
내 발끝 얼얼하여 움켜쥐고 깨끔 뛸 것 몰라
뒤늦게 남은 친구들에게 마음만 붉어진다